- HERGÉ -

LES AVENTURES DE TINTIN

Tintin au Tibet

CASTERMAN

Les Aventures de TINTIN ET MILOU
sont éditées dans les langues suivantes:

afrikaans:	HUMAN & ROUSSEAU	Le Cap
allemand:	CARLSEN	Reinbek-Hamburg
américain:	ATLANTIC-LITTLE BROWN	Boston
anglais:	METHUEN & C°	Londres
arabe:	DAR AL-MAAREF	Le Caire
basque:	ELKAR	San Sebastian
brésilien:	DISTRIBUIDORA RECORD LTDA	Rio de Janeiro
breton:	CASTERMAN	Paris-Tournai
catalan:	JUVENTUD	Barcelone
chinois:	EPOCH PUBLICITY AGENCY	Taipei
coréen:	UNIVERSAL PUBLICATIONS	Séoul
danois:	CARLSEN/IF	Copenhague
espagnol:	JUVENTUD	Barcelone
espéranto:	ESPERANTIX	Paris
	CASTERMAN	Paris-Tournai
finlandais:	OTAVA	Helsinki
français:	CASTERMAN	Paris-Tournai
galicien:	JUVENTUD	Barcelone
gallois:	GWASG Y DREF WEN	Cardiff
grec:	ANGLO HELLENIC	Athènes
indonésien:	INDIRA	Djakarta
iranien:	UNIVERSAL EDITIONS	Téhéran
islandais:	FJÖLVI	Reykjavik
italien:	COMIC ART	Rome
japonais:	FUKUINKAN SHOTEN	Tokyo
latin:	E.L.I./CASTERMAN	Recanati/Tournai
malais:	SHARIKAT UNITED	Pulau Pinang
néerlandais:	CASTERMAN	Tournai-Dronten
norvégien:	SEMIC	Oslo
occitan:	CASTERMAN	Paris-Tournai
picard tournaisien:	CASTERMAN	Tournai
portugais:	VERBO	Lisbonne
romanche:	LIGIA ROMONTSCHA	Cuira
serbo-croate:	NIRO	Belgrade
suédois:	CARLSEN/IF	Stockholm

ISSN 0750-1110

ISBN 2 203 00119 4

Tintin au Tibet

Magnifiques vacances, hein, Milou ?

Il appelle ça des vacances !! ... Courir du matin au soir sur des cailloux pointus !... Mais lui, il a de gros souliers cloutés, tandis que moi... Si ça continue, je n'aurai plus de pattes !...

Pas fâché de rentrer au bercail, tout de même !... Je suis fourbu et j'ai une faim de loup.

Bonsoir, capitaine. Passé une bonne journée ?

Excellente, moussaillon... Et vous ?... Bien fatigué, j'imagine ?

Ereinté, je l'avoue, mais heureux comme un roi !... Ah ! la montagne, que c'est beau !... Et puis, cet air vif et léger, un peu piquant... Vous devriez m'accompagner, ne fût-ce qu'une fois...

Moi ???

Très peu pour moi !... La montagne, comme paysage, ça ne me dérange pas trop... Mais s'obstiner à grimper sur des tas de cailloux, ça, ça me dépasse !... D'autant plus qu'il faut toujours finir par redescendre. Alors, à quoi ça sert, je vous le deman-... ...de...

Sans compter qu'on risque toujours de se rompre les os !... On ne voit que ça dans les journaux : drame de la montagne par-ci, drame de la montagne par-là !... Non, les montagnes, pour moi, on peut les supprimer... Ça empêcherait, d'ailleurs, les avions d'aller régulièrement se fracasser contre l'un ou l'autre sommet...

Tenez, il y en a encore un à qui c'est arrivé... au Népal... Je viens de le lire... Voilà... ici... regardez.

CATASTROPHE AÉRIENNE AU NÉPAL

Katmandou, 10. — On apprend que le D.C. 3 de la ligne Patna-Katmandou dont on était sans nouvelles depuis lundi dernier, et qui était considéré comme perdu, s'est écrasé dans le massif du Gosainthan.

Il est à supposer que l'avion de la « Sari Airways » a été pris dans une violente tempête et déporté vers l'Himalaya.

Ce sont des reconnaissances aériennes qui ont permis, avant-hier, de repérer l'épave de l'appareil dans une région désertique et d'un accès extrêmement difficile.

Dès la nouvelle connue, une équipe de Sherpas s'est dirigée vers le pic rocheux sur lequel l'avion s'est fracassé. On présume que les sauveteurs arriveront demain sur les lieux.

Il reste peu d'espoir qu'aucun des 14 passagers et des 4 membres de l'équipage ait pu échapper à la mort.

WASHINGTON-TOKIO : BLACK-OUT

Pauvres gens !... Des parents, des enfants, des amis les attendaient. Et c'est la mort qui était au rendez-vous...

Oui... Et voilà à quoi elles servent, vos belles montagnes ! Je...

DONG

La cloche du dîner... A table ! Je meurs de faim !

Et après le dîner...

Hem ! Ma dame est en danger !... Que faire ?... La protéger par mon cavalier ?... Non, mon fou ne serait plus défendu... Et si j'avance ce pion-ci ?... Zut ! ça ne va pas non plus...

Il faut manœuvrer autrement... Voyons, ma dame, il faut qu'elle batte en retraite... Bien... Mais, au coup suivant, j'amorce une attaque de flanc par mon autre fou... Comment va réagir l'adversaire ?... S'il aperçoit la menace, il va protéger la tour par un pion...

Dans ce cas, je n'hésite pas : je sacrifie mon fou !... Mais ce sacrifice ne sera pas inutile ! Car, œil pour œil, je lui prends sa tour... Paf !... Et échec au roi ! ... Bravo ! Mon cher Tintin, je me demande ce que tu vas dire de cela ?...

TCHANG !

2

On n'a pas idée d'éternuer comme ça, mille millions de mille sabords !... C'est insensé !...

Mais... mais... je... je n'ai pas éternué !...

Je vous demande pardon, j'ai dû m'assoupir... et j'ai fait un horrible cauchemar...

Un cauchemar ?

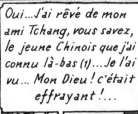

Oui... J'ai rêvé de mon ami Tchang, vous savez, le jeune Chinois que j'ai connu là-bas (1)... Je l'ai vu... Mon Dieu ! c'était effrayant !...

Meurtri, blessé, il était à moitié enseveli dans la neige... et il tendait les mains vers moi en m'implorant : "Tintin, Tintin, viens à mon secours !..." C'était... c'était hallucinant de vérité... J'en suis encore bouleversé... Excusez-moi...

Allons, allons, ce n'est rien, remettez-vous !... Et allez vous coucher, petit ; vous tombez de sommeil.

Je crois que vous avez raison... Bonne nuit, capitai- ne.

Le lendemain matin...

Salut, fiston ?... Bien reposé ?... Plus rêvé ?...

Bonjour, capitaine... Non, plus rêvé ...

Plus rêvé, mais pas fermé l'œil non plus. L'image de Tchang enseveli dans la neige et m'appelant à son secours n'a pas cessé de me poursuivre ...

Bah ! Songe, mensonge, dit-on ! ... N'y pensez plus... Tenez, il y a là une lettre pour vous : une lettre de Hong-Kong !

De Hong-Kong ?

Oui, et voyez l'enveloppe. Elle a mis du temps à vous parvenir. De la rue du Labrador à Moulinsart d'où Nestor l'a fait suivre ici...

Qui donc peut m'écrire de Hong-Kong ?...

(1) v. "Le Lotus Bleu".

TCHANG !

Ah!non, mille milliards de mille sabords!... Cette fois, vous n'allez pas de nouveau prétendre que vous avez rêvé!...

Mais non, mais non!... Voyez: c'est réellement une lettre de Tchang!

Avouez que la coïncidence est extraordinaire!... Hier soir, je le vois en rêve; et ce matin, je reçois une lettre de lui!... C'est inouï, non?...

Oui...évidemment...Et que vous veut-il, votre Tchong?

Tchang...Voilà: "Le frère de mon vénérable père adoptif -tiens! Monsieur Wang Jen-Ghié avait un frère, j'ignorais cela...- le frère de mon vénérable père adoptif est établi à Londres, où il exerce le métier d'antiquaire. Il m'a généreusement proposé d'aller le rejoindre là-bas et de travailler avec lui..."
Bravo!

"Quoique indigne d'une telle faveur, j'ai accepté. C'est ainsi que je prendrai demain l'avion pour l'Europe. Et comme je désire revoir votre noble et vertueux visage..." Il arrive! C'est magnifique!...

Oui... Très bien... Euh...Mais, dites-moi, ce n'est pas le genre Abdallah, votre Tching?...

Tchang...Oh! capitaine, c'est le plus chic garçon que je connaisse: gentil, aimable, dévoué, un cœur d'or: vous verrez!

Oui, mon brave Milou, tu l'aimes bien, toi aussi, notre vieil ami Tchang!

'jour, professeur!... Grande nouvelle!... Mon ami Tchang arrive!... TCHANG! ...MON AMI TCHANG!

Du champagne?! ... A cette heure-ci!?

Tchang arrive!... Tralala!

Vous avez bien tort de lui faire boire du champagne de grand matin, à ce garçon!...

?

Et quand arrive-t-il, votre... heu... votre Fils du Ciel?...

On va voir.

Voilà... Il écrit ceci: "Je quitterai Hong-Kong demain pour Calcutta. De là, je prendrai l'avion pour me rendre chez un honorable cousin de mon vénérable père adoptif, qui demeure à Katmandou, au Népal..."

Katmandou?... Katmandou?... Mais l'avion qui a percuté une montagne au Népal, c'était celui de Katmandou!!...

Vite!!...Le journal de ce matin... Peut-être y aura-t-il des détails sur cette catastrophe...

LÀ!..."La catastrophe aérienne au Népal–Pas de survivants"!...

Tchang!...Mon pauvre Tchang!...

Voilà ce qui arrive quand on boit trop de champagne!...

Ah! vous, avec votre champagne!..

Tchang!...Mon pauvre Tchang!... Si gentil!... Nous ne le verrons plus jamais!...Plus jamais!...

Et puis, non!... TCHANG N'EST PAS MORT!...

Pas mort ??...

Non, il vit, j'en suis sûr!... L'accident s'est produit il y a plusieurs jours, et hier, lorsque j'ai vu Tchang, il était vivant! ...Il m'appelait au secours, mais il était vivant!...

Mais c'est un rêve que vous avez fait... Ce n'est pas la réalité!...

Je sais, mais ce rêve n'était pas un rêve ordinaire... C'était... comment dit-on?... un rêve prémonitoire... ou télépathique... je ne sais. Mais ce que je sais, c'est que Tchang est vivant!

Voyons, moussaillon!

Il est vivant, vous dis-je! Je boucle ma valise et je pars pour le Népal.

Comment?... Quoi?... Pour le Népal?...

Mais voyons, fiston, c'est de la folie!...

C'est ça! allez cuver votre vin!...

Écoutez-moi, Tintin... Je compatis à votre peine et je comprends que ce rêve vous ait bouleversé... Mais il faut être raisonnable et...

Ce qu'il faut, c'est sauver Tchang!...

Mais comment pourriez-vous sauver quelqu'un qui est mort, mille milliards de tonnerres de Brest!?...

Tchang n'est pas mort !

TCHANG!

!

?

Tchang, ici! Je t'ai déjà défendu cent fois de jouer avec des chiens de rue!

On n'a pas idée de donner un nom pareil à un chien, mille sabords!...

Si, c'est un pékinois: ça se justifie.

Écoutez-moi, Tintin... Si votre ami Tchang n'était pas mort, l'expédition de secours l'aurait retrouvé.

Pas sûr...

Un chien de rue, moi!...

Pas sûr!... Pas sûr!... Bon! Admettons même qu'il soit vivant. Je...

! ? TCHANG

C'est bientôt fini, avec votre Tchang?... Excusez-boi, Bonsieur, bais j'ai un rhube de cerbeau, et...

TCHANG

Je disais: même s'il était vivant, pourquoi seriez-vous capable de le retrouver, vous, alors que des sherpas et des montagnards expérimentés n'y sont pas arrivés?...

Capitaine, je suis persuadé que Tchang est vivant. C'est peut-être stupide, mais c'est ainsi... Et comme je le crois vivant, je pars à sa recherche.

Et moi, je vous dis, tête de mule, partez pour le Népal, partez pour Tombouctou ou pour Vladivostock, moi, ça m'est égal, car vous partirez seul!... Moi, c'est non, non et non!... Et quand je dis non, c'est non!...

Et deux jours plus tard, à New-Dehli...

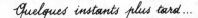

Quelques instants plus tard...

L'avion pour Katmandou?... Ah oui, avec escale à Patna. Le départ a lieu cet après-midi à 14 heures 35, mais à l'autre aérodrome, celui de Willingdon. Le car peut vous y conduire, à moins que..

...vous ne préfériez visiter la ville. Vous avez trois heures devant vous.. Soyez à l'aérodrome à 14 heures. Vous y retrouverez vos bagages.

Entendu, Mademoiselle, et merci. Nous allons suivre votre conseil et visiter la ville.

Et peu après...

Voilà le Qutab Minar, 71 mètres de haut...

..et le Fort-Rouge.

Et trois heures plus tard...

Il nous reste à voir encore le Jama Masjid et le Rajghat, le monument dédié à la mémoire du Mahatma Ghandi.

Oui, bon, mais vous oubliez l'heure.

Nous avons tout juste le temps de sauter dans un taxi et de filer à l'aérodrome.

Dommage!

Tiens! un attroupement, là-bas... Que se passe-t-il? Une bagarre?... Un accident?...

Une vache!... Eh bien! elle a choisi l'endroit!... Elle obstrue complètement le passage...

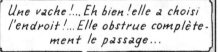

Dites donc, ne pourrait-on pas la faire circuler, cette brave bête? Nous sommes pressés, et...

Vache sacrée, Sahib... Ne pas déranger.. Toi attendre elle s'en aller.

Attendre?... Vous en avez de bonnes, vous!... Notre avion part dans vingt-cinq minutes...

Et d'ailleurs, pas tant d'histoires: il suffit de l'enjamber...

Holà!... Hé!... Pas de blagues!

Ho!... Hé!... **HALTE!... HO!...**

WOUAH!

HALTE!...HOOO!...

?

Où allez-vous comme ça?...

Sais pas. Demandez à la vache!

WOUAH! WOUAH!

Aïe!... Aïe!... Comment tout ça va-t-il finir?...

WOUAH! WOUAH!

?

Hem!... Et... où faut-il conduire le Sahib?

Où je... Euh?... Ah! oui, à l'aérodrome... Mais... mais, pas tout de suite: j'attends un ami...

Ah! le voilà, d'ailleurs!

Et maintenant, à l'aérodrome de Willingdon... Et en vitesse! Nous devons y être dans un quart d'heure!

Vous y serez, Sahib...

...ou il faudrait vraiment que nous crevions un pneu!

Le lendemain matin...

Et voici Katmandou.

Avant tout, voir le chef de l'aérodrome.

Voilà. Nous sommes des amis du jeune Tchang, une des victimes de la catastrophe du Gosainthan, et nous voudrions nous rendre sur les lieux de l'accident. Vous qui savez comment a été organisée l'expédition de secours, pouvez-vous nous aider à réaliser notre projet ?

Est-il indiscret de vous demander pour quel motif vous désirez vous rendre là-bas ?

Parce que je suis convaincu que Tchang n'est pas mort. Et que je veux aller à sa recherche.

Mais c'est de la folie !... Vous ne vous rendez certainement pas compte des difficultés et des dangers d'une telle expédition !

M'énerve, celui-là, avec son élastique...

Non seulement vous risqueriez votre vie, mais vous la risqueriez de façon absolument inutile. Car, même si votre ami avait survécu à l'accident, il serait mort depuis, de faim, de froid, d'épuisement.

Je n'ai cessé de le lui répéter !

Ha ! Ha ! Ha !

Oh ! pardon !

Hem !... Monsieur, Tchang est mon ami. Je sens, en dépit de toutes les apparences, qu'il est vivant. Quelles que soient les difficultés qui nous attendent, je veux essayer de le retrouver.

Soit !... Notez que je suis persuadé qu'aucun guide ne consentira à vous accompagner. Mais, pour vous faire plaisir, je prendrai contact avec les sherpas qui ont formé l'expédition de secours.

Je vous en remercie sincèrement.

Vous voyez ?... Tous les gens raisonnables sont de mon avis : ce que vous allez faire là, c'est de la folie !

Tchang est vivant, capitaine !

Tchang est vivant ! Tchang est vivant ! Tout ça parce que vous avez rêvé de lui !... Moi, j'ai rêvé de Napoléon, cette nuit : ce n'est pas pour ça que je le crois vivant, moi !... Je ne suis pas une sorte de somnambule, moi !... Je regarde où je vais, moi !...

'ttention !

Pourriez pas regarder devant vous, espèce d'équilibriste ?...

'TTENTION !

Mille milliards de mille sabords de tonnerre de Brest ! vous le faites exprès, bande de bachi-bouzouks !...

क्यों जी ? देखते नहीं सामने क्या है ?...

Et vous vous laissez dire des choses pareilles, capitaine ?...

Venez, nous allons demander à ces gens s'ils connaissent la boutique du parent de Tchang.

Pardon, Messieurs, pourriez-vous m'indiquer une boutique tenue par un Chinois... euh... chinese shop ?...

Chinese shop ?...

Je me demande ce que c'est, ces tapis rouges...

Ma parole ! ce sont des fruits que l'on fait sécher au soleil !...M-m-m!... Ça a l'air rudement bon !...

Fruit ?...Bon à manger ?... Good to eat ?...Niam-niam ?...

Yes, Sahib.

Yes, Sahib.

Chinese shop ?...There up, Sahib. You turn left...Then big temple... Then street right...There Chinese shop... Tcheng Li, the name.

Thank you very much!

AU FEU !...

Ce...ce qui m'est arrivé ?...Ai mangé un de ces machins. C'est comme si j'avais avalé tout un volcan en ordre de marche !

Mais c'est du piment rouge, ça, capitaine !...du poivre !

Quelques instants plus tard...

Voilà le "big temple" qu'on nous a indiqué.

Merveilleux, n'est-ce pas ?

Salut, Sahib... Mon nom est Tcheng Li-Kin... Vous me cherchez, je crois... Hi!hi!hi!

Oui...mais... comment le savez-vous ?...

Hé! Sahib, vous avez demandé votre chemin à quelqu'un et il me l'a répété... Hi!hi!hi!

Me ferez-vous le grand honneur de venir prendre une misérable tasse de thé dans ma pauvre demeure?..Hi!hi!hi!

Très volontiers. Hi!hi!hi!

Voilà, Monsieur...Nous sommes des amis de Tchang...

Des amis de Tchang ?...Ah ?... Hi!hi!hi!... Euh...il sera certainement ravi de vous voir...

Que... que dites-vous là ?...

Qu'il sera ravi de vous voir... Entrez donc: c'est ici...Hi!hi!hi!

TCHANG! TCHANG!...
Des amis pour toi.

Mon fils, Tchang Lin-Yi...Hi!hi!hi!

Excusez-nous: il y a confusion. Notre ami se nomme Tchang Tchong-Jen...

Ah! vous parlez de notre pauvre et regretté neveu d'adoption... Hi!hi!hi!

Hélas! il est mort!...Hi!hi!hi!... Un accident d'avion...

Nous savons, oui, mais justement, je crois qu'il n'est pas mort. Et je venais vous demander si vous ne connaissez pas un sherpa qui consentirait à partir avec nous à sa recherche.

Mais, Sahib, puisqu'il est mort!

Je suis persuadé du contraire. Mais, pour le retrouver, il me faudrait un guide expérimenté...

Pourquoi pas Tharkey, père ?... C'est le meilleur sherpa de toute la région, le plus courageux... Et il était de l'expédition de secours.

Si tu veux, Tchang: allons-y. Mais je suis sûr de sa réponse.

NON SAHIB'!

Non !...Moi pas vouloir risquer trois vies, ta vie, celle de l'autre Sahib et la mienne, pour retrouver un mort...

Mais justement, Tharkey, je suis convaincu que Tchang n'est pas mort.

Lui mort, Sahib!... Moi été là-haut ... Moi vu avion cassé... Plus personne vivant... Puis, pas possible vivre là-haut: trop froid, rien à manger. Toi pas partir, Sahib, toi trop jeune pour mourir aussi.

C'est le bon sens-même, fiston... Ce sherpa a mille fois raison... Je vous l'ai dit depuis le début: c'est de la folie!...Il faut renoncer à ce projet insensé...

Oui, ce que dit Tharkey est juste.

Bravo!... Enfin, vous devenez raisonnable!

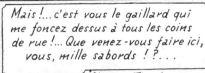

Mais !... c'est vous le gaillard qui me foncez dessus à tous les coins de rue !... Que venez-vous faire ici, vous, mille sabords ! ?...

Sherpa Tharkey envoyer moi, Sahib...

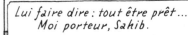

Lui faire dire : tout être prêt... Moi porteur, Sahib.

Eh bien ! ça promet d'être gai !... C'est bon, dites à Tharkey que nous arrivons.

Vous vous demandez ce qui se passe ?... Voilà. Puisque vous vous obstinez à partir, j'ai obtenu de Tharkey ce qu'il vous a refusé l'autre jour : je l'ai décidé à nous accompagner là-haut.

Capitaine, vous êtes le plus chic type de la terre et...

Pas si vite, pas si vite !... Il a uniquement accepté de nous conduire jusqu'à l'épave de l'avion, mais pas plus loin !... Là, d'ailleurs, vous vous rendrez enfin compte qu'il n'y a pas le moindre espoir de découvrir encore un être vivant.

Quoi qu'il en soit, Tharkey s'est occupé de tout ce qui est nécessaire à l'expédition : équipements, vivres, matériel et porteurs... Mais, mille tonnerres de Brest ! c'est bien ma chance de tomber sur un type qui n'arrête pas de me téléscoper !... Enfin, nous verrons bien !

Et une heure plus tard...

Quand je pense que je suis à faire le zouave sur les routes du Népal, alors que je pourrais être tranquillement à Moulinsart, à siroter un bon whisky bien glacé !...

Mais, du whisky, tonnerre ! j'en ai un flacon ou deux dans   mon sac !...

Tous ces fiers enfan-♪♪♪ ants de la Gau- au-♪♪♪ le allaient ♪ sans trêve et sans repos...

Pas possible!... Il marche au supercarburant!... Capitaine!... Hé! capitaine, pas si vite!

Bah!... Laissez faire... Route encore longue... Nous rattraper lui bientôt.

...allaient sans trêve... ♪ ...ffh...et sans rep ♪ hic... pos... ♪

RRR... RRR... RRRR...

Tiens! Qu'est-ce que vous faites ici, vous ?...

Perdu mon parapluie!

Votre parapluie ?... Mais j'en ai ici toute une cargaison... Je me demande d'ailleurs d'où ils peuvent venir ?...

Vous mentez! C'est du piment rouge!...

Echec et mat!...

Je... Je ne sais pas... J'ai dû m'endormir en marchant... La chaleur, sans doute... Je crois même avoir rêvé...

Et le soir...

Tonnerre de Brest, mes pauvres pieds!... Enfin, demain matin, ça ira mieux... Bonne nuit, mes amis.

Bonne nuit, Sahib.

Bonne nuit, capitaine.

Ah! Je ris ♪♪ de me voir si belle ♪♪ en ce miroir... ♪♪♪

La Castafiore !... Ici ! tonnerre !...Elle nous poursuivra donc jusqu'au bout du monde !

Radio chez coolies, Sahib.

Marguerite !.... ♪ ♪ ♪ ♪ Est-ce toi, Marguerite ?..

Ma parole ! il a raison...M'en vais leur dire deux mots, moi !

Attention aux tendeurs, capitaine !

Merci...

Réponds-moi, ♪ réponds-moi ! ♪ ♪ ♪ ♪ Réponds, réponds, réponds vite ! ♪ ♪

Vous allez me boucler ce transistor de malheur, et plus vite que ça, compris, mes gaillards ?...

Où faut-il donc aller, tonnerre de Brest ! pour avoir la paix ?!...

DZiONNNG

?

Mille millions de mille sabords ! quand fabriqueront-ils des tentes qui tiendront debout sans tout ce fouillis de bouts de ficelles ?!...

Et le lendemain.

...Haddock en tête avec une minute d'avance sur le peloton.

Oh ! oh !, une rivière à traverser...

Avec la chance qui me caractérise, ça devrait normalement se terminer par un bon "plouf" !

Mais, cette fois, je ne leur donnerai pas ce plaisir.

Voilà !... Plus que quelques mètres, et à moi la victoire !

Mon Dieu ! le capitaine...

PLOUF

Des cailloux qu'il jette dans l'eau... J'ai eu bien peur!

Coucou!

PLOUF

Me voilà!...J'ai déjà traversé, moi!...Et à pied sec!...Qu'on se le dise!

Remarquable performance, capitaine!... Bravo!... Seulement, ce n'est pas ici qu'il fallait franchir la rivière...Tharkey a dit: "Au deuxième pont"!...

QUOI?

Mille millions de mille sabords! C'était trop beau, aussi...

Tombera?.... Tombera pas?...

Mon Dieu!

Tombera...

Tiens? non!

Très bien, capitaine. Comme ça, plus de danger.

Plus aucun intérêt non plus...

Pour ressembler tout à fait à Milou, il ne me reste plus qu'à aboyer!

Plus tard...

Saperlipopette! j'ai une de ces soifs!

Oh! chance... Une petite flaque d'eau!

Tiens! quel curieux goût elle a, cette eau!

Malheureux! Sais-tu ce que tu as bu là?!

C'est du whisky, misérable créature!...De l'alcool!... Cet alcool qui ravale la bête au rang de l'homme!...

Et puis après?...C'est bon,ça, l'alcool! Ça donne du cœur au ventre!

Et il y en a encore!... Regarde d'où il coule, ce whisky...

Ho!... Dog! Dog! Look!... Look at dog!

Dog, tipsy-tipsy!... Ha!ha!ha!

Pauvre Milou! Le mal des monta-gnes, sans doute!

Attention!

Attention!

Qu'est-ce qu'ils ont tous les qua-tre à crier comme ça?...

MILOU!

Mon Dieu ! il va se fracasser contre les rochers !...

Non ! il est tombé à l'eau !... Une chance !...

Et le voilà qui reparaît !

Au pont ! Ce n'est que là que je pourrai le rattraper.

Pourvu que j'arrive à temps !...

Ça y est !... Je l'ai !...

Un peu plus tard...

Ah ! vous voilà... Vous avez réussi à récupérer cet ivrogne ?...

Ivrogne ?...

Oui ! Vous qui accusiez le mal des montagnes !... Regardez : une bouteille s'était cassée dans mon sac... Mais ce whisky-là n'a pas été perdu pour tout le monde !

Et si ça t'arrive encore, je t'assure que je ne risquerai plus de me rompre les os pour toi !

Et la longue marche continue.

Ça chorten, Sahib. Là conservées cendres grands lamas.

Stop ! Sahib... Sinon malheur!

Halte!

Ho!

Stop!

Eh bien, quoi... Qu'y a-t-il?...
Qu'est-ce que j'ai fait?...

Malheur sur toi, Sahib, si toi passer à droite du chorten...

Pourquoi?... Je risque une contravention?... C'est un sens interdit?...

Démons en colère quand hommes passer à droite chorten. Toi passer à gauche, Sahib. Sinon porteurs pas vouloir continuer.

Bon, bon. Si ça peut vous faire plaisir...

Pour moi, passer à gauche ou à droite, vous savez...

Attention, capitaine!

Arrêtez-vous!...
Arrêtez-vous!...

Je ne demanderais pas mieux!

Toi passer à gauche, Sahib!

Passer à gauche... passer à gauche... Je voudrais vous y voir!

...Mon whisky...sauvé...
C'est l'essentiel!

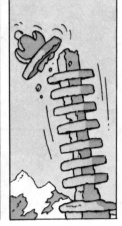

DZING

Le lendemain...

On se croirait vraiment dans une forêt des Alpes.

Deux heures plus tard.

Si j'avais des rhododendrons comme ça à Mou-   linsart!...

Et dans l'après-midi.

?

PLOUTCH

Une espèce de fruit pourri qui s'est détaché d'un arbre...

Je me demande d'où ça vient, ce machin?

PLOUTCH

Le lendemain soir...

Nous camper, ici, Sahib. Voilà les premières neiges.

Là derrière, Tibet!... Épave de l'avion être là. Nous arriver demain Maintenant, nous manger. Tsampa prête.

Tsampa? Qu'est-ce que c'est que cette mixture?

Tsampa, Sahib: farine d'orge grillé, avec thé et   beurre.

HAW-HAWAAAW

Quel est ce cri?

Yéti!   Ça... ça... ça... yéti!!...

Le yéti!... L'Abominable Homme-des-Neiges!!!...

HAOUH

L'Abominable Homme-des-Neiges!
...Allons, allons, laissez-moi rire!... Des légendes, tout ça, des racontars!... Personne ne l'a jamais vu, ce fameux yéti!

Toi pas rire, Sahib...Yéti exister. Moi pas vu lui, mais moi connaître sherpa Anseering...Lui vu yéti ...Lui avoir très peur...Lui courir...

Et comment était-il, ce yéti?

Lui très grand, Sahib. Très fort. Lui assommer yacks avec son poing! ...Lui très méchant! Manger yeux et mains hommes par lui tués.

HAW-HAWAAAW

Taratata! c'est le vent qui fait ce bruit-là... Ce qui n'est pas du vent, c'est cette bouteille de whisky!

La seule qui ait échappé au désastre...

Ho! toi pas boire, Sahib!...

Comment: pas boire? ...Ça vous dérange?...

Si yéti sentir odeur alcool, lui venir!...Lui aimer alcool. Une fois, près de Sedoa, lui trouver tchang et lui le boire...

Boire Tchang, maintenant?!... Qu'est-ce que vous chantez là?..

Tchang, Sahib: ça boisson fermentée. Bière très forte. Yéti boire tchang. Alors devenir saoûl, et dormir... Alors hommes du village le lier. Mais yéti très fort. Quand lui plus dormir...

Lui se réveiller avec mal aux cheveux! Connu!

Oui, Sahib: lui se réveiller, lui casser ses liens, et hop! lui partir.

Bon!...Eh bien, moi, je m'en vais me coucher... Bonne nuit!...

...Et ce n'est toujours pas leur homme des neiges, abominable ou non, qui m'empêchera de dormir!

OUAAAAH!

OUAAAAAAH!...

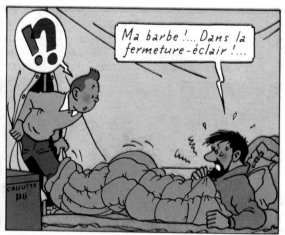

Ma barbe!... Dans la fermeture-éclair!...

Un coup sec, peut-être?

Ça y est!

AÏE!

À l'aube.

Je ne sais pas, mais j'ai l'impression d'oublier quelque chose.

Mille millions de mille sabords!... Ma bouteille de whisky!

Je me souviens : j'ai dû la laisser à l'endroit où nous avons mangé, hier soir.

Rien!... C'était pourtant ici...

GRRR

Dites, fiston, c'est vous qui avez pris la bouteille que j'avais laissée là hier soir?

Moi?

Non. Je croyais que vous l'aviez emportée avec vous dans la tente... Tharkey, peut-être?

Moi?... Non, Sahib. Autre Sahib, peut-être?... Ou coolies?...

Non, Sahib.

Moi pas vu, Sahib.

Autre Sahib, peut-être?... Ou sherpa Tharkey?

Non, je vous dis... Elle ne s'est tout de même pas envolée, tonnerre!

Non, Sahib, alcool à toi pas envolé...

Volé, Sahib! Alcool volé par yéti!...

Sans blague!... Vous me prenez pour un crétin de l'Himalaya? Il faut le dire!

En route!... Beaucoup marcher aujourd'hui.

Non. Nous plus en route!... Nous plus continuer!...

24

Comment, mille sabords ! vous pas continuer ?...Qu'est-ce que c'est que cette nouvelle plaisanterie ?...

Nous pas continuer, Sahib. Nous retourner dans village à nous.

Nous pas vouloir être tués par yéti !... Lui boire alcool du Sahib ; alors lui très méchant maintenant !

Car c'est lui, bien sûr, qui m'a fauché mon whisky !...Est-ce que vous vous payez ma tête ?...

Non seulement ces espèces de bachi-bouzouks ne veulent pas continuer, tonnerre de Brest ! mais ils me racontent des tas de calembredaines !...

Moi parler eux, Sahib...

Le yéti, boire du whisky ! Pourquoi pas jouer du cornet à piston ?...

Et alors ?...Résultat ?...Mon whisky ?...

Eux pas savoir... Mais eux continuer. Moi leur dire eux petits poulets poltrons : à leur retour, tout village se moque d'eux... Et puis, moi dire aussi sahib très généreux... En route !

Hé ! Tintin, dites donc : qu'est-ce qu'il a, votre chien ?

Mon chien ?...

Eh bien ! Milou, qu'est-ce qui te prend ?

GRRRR

? ? OH !

Les traces de l'Abominable Homme-des-Neiges !!!

GRRRR GRRRR

Allons, allons!... Vous aussi, vous vous y laissez prendre! ...Ce sont des traces d'ours, ça!...Les ours aussi marchent parfois sur leurs pattes de derrière, c'est connu.

Oh!...Et puis, tonnerre de Brest! il n'y a qu'à suivre cette piste!... Nous allons bien voir!

Non, Sahib, pas faire ça!... Toi être prudent!

Prudent!... Prudent!... Ils commencent à me casser les pieds, avec leur yéti!

Mille millions de mille sabords!... Ma bouteille de whisky!...

VIDE!

MRKRPXZKRMTFRZ!

Mon whisky, espèce de cromagnon!... Mon whisky, mamelouk!...Vampire!... Soulographe!... Trompe-la-mort!...

Macrocéphale!... Amphytrion! Rocambole!... Ectoplasme!... Phylloxéra!... Cannibale!...

Diplodocus!... Flibustier!... Mégalomane!...

Descends donc, boit-sans-soif! si tu n'es pas un lâche!...

Toi pas crier, Sahib... Avalanches!...

Coloquinte!... Cyanure!... Anthropopithèque!...

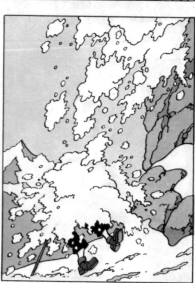

Satrape!...

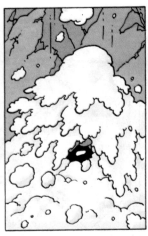

Vite!... Encore neige peut tomber... Ectoplasme!...

OH!... Porteurs partis!...

OHEEE!

Revenez, bande d'emplâtres!...

...d'emplâtres

...plâtres

...âtres

Vous, là-haut, je ne vous parle pas!

Non, non, ce n'est pas lui: c'est l'écho.

Pas réponse... Eux voir traces yéti, eux très peur, eux retourner village... Nous plus pouvoir continuer maintenant.

L'écho!... L'écho!... On ne lui demande rien, à celui-là!...

Mais, il faut absolument continuer, Tharkey!... Nous n'allons pas abandonner, alors que nous sommes si près du but.....

Impossible, Sahib: nous pas pouvoir porter charges coolies.

Nous prendrons chacun une charge supplémentaire et nous laisserons ici tout ce qui n'est pas strictement indispensable... Il faut sauver Tchang, Tharkey!...

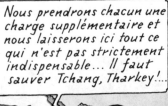

Et le lendemain.

Nous arriver...

Voilà... Avion cassé, là-bas...

Toi voir maintenant plus personne vivant ici, Sahib.

Ici, non...

Pas vrai, Sahib?... Pas possible trouver encore homme vivant ici...

Ça, mille sabords! ça m'en a furieusement l'air!

?

Mon Dieu!

Dites, voyez ce que je viens de trouver ...Navrant!...

Vous n'auriez pas pu découvrir quelque chose d'autre, non ?...

POOOOT

Attention, Sahib: avalanches !

Regardez... Milou, lui, au moins, a déniché quelque chose de comestible.

A première vue, oui !

Niam-niam!...Cha va être bon, cha !

CRRR

Tu n'y arriveras jamais, mon pauvre Milou : il est complètement frigorifié, ce poulet !

? CRRR

CRRR

Nous camper ici cette nuit, Sahib... Et demain, nous redescendre.

Euh...Moi, je vais faire une petite reconnaissance du côté de cette muraille rocheuse...

...Parce que, si j'avais été à la place de Tchang, et si j'étais sorti vivant de cette catastrophe, c'est par là que je me serais dirigé...

On n'aurait pas pu se reposer un tout petit peu, non ?

...dans l'espoir d'y découvrir une crevasse, une grotte, un creux de rocher où m'abriter... Mais si Tchang a agi ainsi, comment expliquer qu'il ne se soit pas montré ....

...lorsque l'expédition de secours est arrivée ?....Mystère! ...A moins que ...

L'entrée d'une grotte !...

?

GRRR

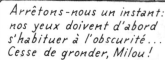

Arrêtons-nous un instant: nos yeux doivent d'abord s'habituer à l'obscurité... Cesse de gronder, Milou!

GRRR

WiUUUUW

!

Non, non, ce n'est que le vent qui se lè- ... ve...

Des signes gravés sur cette pierre plate... Qu'est-ce que cela veut dire?...

TCHANG!... Son nom en chinois!... Et il l'a tracé également dans notre écriture à nous!...

張
仲
仁
TCHANG

Je ne m'étais donc pas trompé!... Tchang était encore vivant après l'accident... Tchang a vécu ici... Mais, au nom du ciel! qu'est-il devenu?... Dire qu'il est peut-être ici, à quelques pas, dans un recoin obscur de cette grotte!...

TCHANG!

TCHANG!

BING BANG

!

WOUAH!

Sapristi!... En criant, j'ai provoqué la chute de ces morceaux de glace...

BING

WOUAH!

Rien à faire! Il faut revenir ici avec des lampes. Et maintenant, vite! rejoignons les autres.

Mon Dieu! La neige!...

Ça va mal! On ne voit plus à dix mètres devant soi!...

Deux heures plus tard.

Toujours rien, Sahib!

C'est stupide! J'aurais dû rester dans la grotte en attendant que ça cesse. Je ne sais plus du tout où je suis...

OHÉ !

Rien!... Pas de réponse: le bruit du vent couvre ma voix... Et la nuit qui tombe!... Mon pauvre Milou, qu'allons-nous devenir?...

Plus qu'une chose à faire : continuer.

!

Une crevasse!... Eh bien!ça, Milou, il était moins une!...

!

De la prudence, maintenant!... Marche derrière moi, Milou.

Sauvés !... Quelqu'un, là-bas!... Oh! oui, c'est le capitaine!...

GRRR

OHÉ ! CAPITAINE !

CAPITAINE!...HÉ!CAPITAINE!...

Il ne m'entend pas!...C'est affreux!... CAPITAINE!

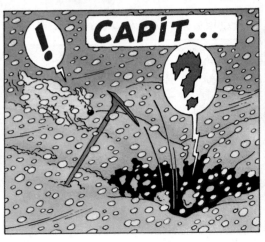

! CAPIT...

?

Et les heures s'écoulent...

OUUUUUWOOUUUUWOU

Ça se calme un peu, dirait-on.

Chut !... Toi écouter.

OUUUWOUWOU

Encore celui-là !

Yéti !

OUUWOUUWOUU

Lui conseille pas de s'approcher trop près, cette espèce de boit-sans-soif !

Mais ce n'est pas le yéti, ça !... C'est un autre cri, que j'ai déjà entendu quelque part... Sortons, nous distinguerons mieux...

OUWOUUUWOUW

Écoutez !

Milou !... C'est Milou qui hurle à la mort ! Il est arrivé malheur à Tintin !

Il faut tout de suite aller à leur recherche, Tharkey !

Moi prendre cordes et lampes, Sâhib. Et nous partir immédiatement.

OUWOUU... WOUUW

Là !

Milou !... Mon pauvre Milou !... Et ton maître ?... Qu'est devenu ton maître ?...

OUW...

Ici, Sâhib !... Tombé dans crevasse.

Ton-nerre de Brest !

TINTIN ! TINTIN !

Pas de'réponse!...
Il faut absolument
essayer de le tirer
de là, Tharkey!

Toi me laisser descen-
dre dans crevasse,
Sahib...Moi te montrer
comment toi faire.

D'accord.

Surtout, toi pas lâcher, hein, Sahib!

Soyez tranquille, Tharkey!

Capitaine!...Ohé!... Capitaine!...

Fichez-moi la
paix, vous!...Vous
voyez bien que je
suis occupé!...

Mais...qui
a parlé là?

Tintin!...Hourra! c'est Tintin!...

La corde!...Ne lâ-
chez pas la corde!

La corde, capitaine!...

La corde?...
OH!!!

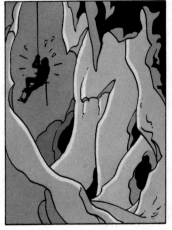

Un peu plus tard...

Je suis tombé. J'ai rebondi sur des
parois heureusement lisses, puis
ma tête a heurté quelque chose de
dur, et j'ai perdu connaissance...

Lorsque je suis revenu à moi, j'ai suivi le
fond de la crevasse, qui remontait en pen-
te douce. Et, au prix de quelques acroba-
ties, je suis parvenu à en sortir...
C'est alors que je vous ai vu, capitaine,
à cent mètres de moi.

Mais ce que je ne comprends pas, c'est
que vous soyez passé si près de moi,
cette nuit, dans le blizzard, et que
vous ne m'ayez ni vu, ni entendu.
Et pourtant, Dieu sait si j'ai hurlé!...

Moi?...Mais je n'ai pas
bougé de l'épave!

Ah?...Alors, c'était
vous, Tharkey?...

Moi?...Non, Sahib. Moi
m'être jamais éloigné
de l'avion...

Mais alors... QUI
donc ai-je vu?...

Toi vu yéti, Sahib!...Sûr! ...Nous vite redescendre vallée!...Grand danger sur nous!... Et puis, ici plus personne vivant...

Justement si, Tharkey!...

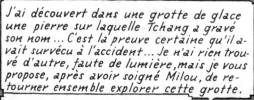

J'ai découvert dans une grotte de glace une pierre sur laquelle Tchang a gravé son nom... C'est la preuve certaine qu'il avait survécu à l'accident... Je n'ai rien trouvé d'autre, faute de lumière, mais je vous propose, après avoir soigné Milou, de retourner ensemble explorer cette grotte.

Le nom de Tchang... C'est donc vous qui aviez raison!

Et le jour venu...

C'était ici dans les environs. Mais la neige d'hier a complètement transformé le paysage...

Non, ce n'était pas si loin... Nous avons dû passer devant la grotte sans la voir... Demi-tour!

Dites donc, mille sabords! ça fait deux heures que nous marchons. Repos, s'il vous plaît!

Plus tard!

Eh bien! continuez si vous voulez. Moi je stoppe. Et moi je m'assieds.

La voilà, votre grotte!... Quand je me mets à chercher, moi, je trouve!

Voyez: la pierre en question.

Mais si Tchang vivant, Sahib, où lui être maintenant?

C'est ce que je me demande, Tharkey.

Moi te dire, Sahib: ton ami venu ici, vrai... Mais après ça, lui être tué et mangé par yéti!

Non, Tharkey. Car il y aurait ici, c'est affreux à dire, des... des traces de ce drame...

Oh, Sahib ! Là !...

Non ! heureusement ! c'est un os d'animal, genre chamois... Mais il doit y en avoir d'autres. Cherchons, vite !

Non, ce sont des os d'oiseaux et de petits rongeurs.

Eh bien, ce yéti, il a un fameux garde-manger !

Mais yéti peut-être manger Tchang ailleurs... Comment retrouver ami de toi sous la neige ?...

Je commence à en avoir plein le dos, moi, de votre yéti !...

Qu'il se montre une bonne fois, cette espèce de loup-garou à la graisse de renoncule de mille tonnerres de Brest !

Nous retourner, Sahib... Plus rien à faire ici... Ami de toi mort... Toi me croire, Sahib.

Viens-y donc, moule à gaufres !

Et puis, Sahib, même si Tchang vivant...

... où chercher lui ? ... Regarde... Où ?... De ce côté-ci ?...

De ce côté-là ?...

Je sais, Tharkey !... Vous avez raison : il faut se rendre à l'évidence... Nous prendrons demain la route du retour.

Et le lendemain matin...

Allons, mon petit, venez... Vous avez fait tout ce qui était humainement possible... Venez..

Adieu, Tchang !... Adieu !...

Alors! vous venez, oui ou non ?

!

Tharkey!... Capitaine!... Stop!... Ne partez pas... Qu'est-ce que c'est que cette tache jaune, là-haut, sur cette paroi ?

Une tache jaune... Où ça, une tache jaune ?...

Mais là-haut! ...Suivez la direction de mon doigt...

Vite! Passez-moi mes jumelles! Dans la poche droite de mon sac.

Un chiffon!... Non, une écharpe !...

Voyez, là, Tharkey, une écharpe jaune !... Accrochée à un rocher...

Toi raison, Sahib! Oui... Où ça, une écharpe ?

Voici bien la preuve que Tchang est vivant !... Il nous a lui-même indiqué la route à suivre pour le retrouver !... En avant, Tharkey, en avant !...

Mais je ne vois rien, moi!

Non, Sahib, moi pas continuer. Moi promis conduire les Sahibs jusqu'à l'avion. Moi tenu parole. Maintenant moi redescendre, car moi certain Tchang mort...

Mais l'écharpe, Tharkey?

Pas preuve, Sahib... Seul bon montagnard pouvoir escalader paroi comme celle-là, Sahib...

Mais où diable ont-ils vu une écharpe, ces zouaves-là ?

Il faut chaussures spéciales, cordes, et autres choses. Tchang pas avoir ça, lui pas pouvoir grimper là-haut.

Mais alors, l'écharpe?

Mais où est-elle, cette écharpe ?

Moi pas savoir comment elle arriver là-haut... A cause tempête, peut-être ?... Ou peut-être yéti ?... Mais pas Tchang, Sahib! ... Pas Tchang... Tchang mort, Sahib !...

?

Le voilà, mille sabords !... C'est lui !... C'est lui !...

Le yéto là-hi!... Le yéya là-ti!... Le téyi ho-là!... Flûte!... Le truc, enfin!... Le yéti, quoi!... Là-haut!...

Je ne vois rien!... Vous êtes sûr que ?...

Sûr que je suis sûr!... Une sorte d'énorme singe...avec une tête comme un obus!... Il a dû se sentir repéré, car il a détalé comme un lapin!

Bon, yéti ou pas yéti, moi, je continue! Et vous, capitaine?...

C'est de la folie, mais je vous accompagne, car je désire avoir une petite explication avec cette espèce d'anthropopithèque.

Et vous, Tharkey, vous...?...

Non, Sahib, moi pas suivre toi. Toi très courageux, mais toi pas connaître dangers montagne! Toi pas raisonnable, Sahib!..

Peut-être... De toute façon, Tharkey, il n'y a plus qu'à nous séparer... Mais d'abord, faire nos comptes. Le capitaine va s'en occuper...

Faite-le, Tintin. Moi, je vais préparer un peu de porridge.

Vous en sortirez, capitaine?...

Pourquoi pas ? C'est simple comme bonjour. Un enfant de deux ans s'en tirerait.

Voyons... Sept fois cinq : trente-cinq, je retiens trois. Huit fois cinq : quarante, et trois quarante trois, je retiens quatre...

N'oubliez pas les allocations familiales. Et le pécule de vac...

BOUM

Haï! Haï!

Quelques instants après.

Adieu, Tharkey, et merci: vous avez été le meilleur des guides.

Adieu!... Moi espérer vous retourner un jour dans votre pays!

Merci, Tharkey!... Adieu!

Maintenant, en avant!... Premier objectif: l'écharpe jaune.

Hé! capitaine, que faites-vous?...

Ce que je fais ?... Je rejoins Tharkey, tout simplement. Je retourne avec lui.

Mais vous étiez d'accord pour...

Possible, mais j'ai changé d'avis... Continuer ainsi, sans guide, c'est de la folie pure ! Je n'ai pas envie de laisser mes os dans ce pays.

Heu...un instant !

Voudriez-vous prendre le flacon qui est dans la poche arrière de mon sac ? J'ai froid. Une gorgée de cognac me fera du bien

Du... du cognac ?... Vous avez encore du cognac, vous ?...

Oh ! une toute petite bouteille que je gardais en réserve... Vous en voudriez peut-être un peu, vous aussi, oui ?...

Si je veux ?... Cette question !

GLOU GLOU

Tiens ! tiens ! elle est déjà vide !

Oh ! et moi alors ?

Euh ! vous savez, l'alcool, pour les jeunes gens comme vous, c'est très très mauvais !...C'est un ver...un ver... un véritable p-p-poison !...Croyez-moi, Tintin, l'ab-ab-abstinence, rien de tel !... Venez, re-re-rejoignons Thar-Tharkey...

Au fond, capitaine, je crois que vous avez raison de suivre Tharkey. Mieux vaut capituler : c'est plus prudent. Les risques sont vraiment trop grands !... A commencer par le yéti... Et tant pis s'il se rend compte que nous avons la frousse !...

QUOI ?

La f-f-frousse ??... Qui-qui ça ? Moi ?... La frou-frousse du yé-yé-yéti ?... Demi-tour, mou-mous-saillon !... De-demi-tour tout de suite, mille s-s-sabords !...

Et vive le cognac !

La frousse !... M'en vais lui m-m-montrer, m-m-moi, à cette épouvantail, de quel b-b-bois je me chauffe !...

Pas si vite !

La f-f-frousse, moi !... Hà ! Hà ! Hà !

Attendez-moi, capitaine, nous devons nous encorder !...

Et comment vais-je grimper là-haut, moi ?

Encordé v-v-vous même !...La frousse, moi !...J'aime aut-t-tant vous d-d-dire, mille tonnerres ! que q-q-quand je le rencontrerai, votre yéti, ça va faire des étincelles !

STOP !

HI-I-I-I-I !...

Tintin !... Tintin !... Mon piolet !... Qu'est-ce qui se passe ?...

Ce n'est rien, capitaine, c'est le feu Saint-Elme. Aucun danger... Vous qui avez navigué, vous connaissez sûrement ce phénomène météorologique qui fait parfois jaillir des éclairs à la pointe des mâts.

Ah ! bon, je me prenais pour une centrale électrique !...

Attendez-moi, cette fois !... J'arrive...

Tout d'abord, nous allons nous encorder... Puis, je sacrifierai une partie de mon chargement au profit de Milou...

Et vingt minutes plus tard...

Nous y sommes !... Voilà l'écharpe !

Oh !... Regardez, capitaine !... Il y a des taches de sang !...

Oui, je vois !... Mais admettons que cette écharpe soit bien celle de Tchang... Et alors ?... Qu'allons nous faire maintenant, hein ?...

Continuer, capitaine !... Tchang est passé par ici... Il faut suivre cette piste jusqu'au bout !...

Comme piste, c'est plutôt mince ! ...Enfin, soit !

Prudence, capitaine, ce passage est difficile !...

Et dire qu'il y a des gens qui font ça par plaisir !...

!

AOUH!

Eh bien, mille sabords! grâce à vous je l'ai échappé belle!... Et aussi grâce à la corde: c'est formidable, ce nylon!... Mais maintenant, allez-vous pouvoir me hisser jusqu'à vous?...

Hélas non! Si je fais le moindre mouvement, c'est le plongeon pour tous les deux!

Mille millions de mille sabords!... Qu'allons-nous devenir, ici?...

Et rien à faire pour reprendre pied sur cette espèce de rocaille de tonnerre de Brest!...

Inutile... je n'y arrive pas!... Et je commence à geler, moi, au bout de ma ficelle... Et vous, là-haut, tiendrez-vous?...

Aussi longtemps que je pourrai... Mais je sens mes forces qui diminuent et le froid qui me paralyse...

Pauvre capitaine! il ne se doute évidemment pas qu'à chaque secousse, la corde m'entre davantage dans la chair...

Ce qui signifie la chute pour tous deux!... Pas de ça, fiston! Vous, au moins, vous pouvez vous sauver: coupez la corde, c'est la seule solution!

Jamais!... Nous nous sauverons ensemble ou nous périrons ensemble!

C'est malin, ce que vous dites là!... Mieux vaut une seule victime que deux, non?... Coupez cette corde, Tintin!

Jamais! vous m'entendez!... Jamais, je ne ferai cela!

Eh bien! je le ferai moi-même!... Mon canif!... Et allons-y!... Larguons les amarres!

Tonnerre de Brest! pas moyen d'ouvrir cette lame de malheur!... Mes doigts sont complètement engourdis!... Ah! ça y est!...

40

Capitaine !... Je vous en conjure !... Ne faites pas cette folie !...

Non ! mille sabords ! vous ne me ferez pas changer d'avis !

Tonnerre ! mon canif !

OHEE-E-E

OHEE-E-E

?

OHEE-E-E

C'est la voix de Tharkey !!!... Nous sommes sauvés !...

Et quelques instants plus tard...

Mais dites-nous, Tharkey, comment se fait-il que nous vous retrouvions ici ?

Moi marcher vers village, mais penser à toi... Toi jeune sahib blanc, et toi risquer ta vie pour sauver jeune garçon jaune... Moi homme jaune, et moi pas vouloir t'aider... Moi me dire moi poltron ... Alors, moi faire demi-tour, et revenir vers toi...

Vous êtes un vrai chic type !... Alors, nous continuons ensemble ?...

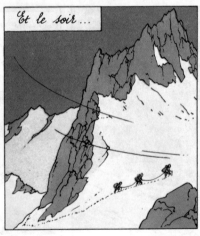

Et le soir...

Vite dresser camp derrière rocher, car tempête venir !

Bien tenir !... Moi apporter pierres pour fixer tente.

Faites vite, Tharkey !

AÏE !
La tente !

Lâchez !... Lâchez, mille sabords !...

Partie ! la tente !...
Envolée !... Perdue dans
la nuit !...

Chut !... Vous
écouter...

HAW-HAW-HAW

Le yéti !!

Qu'est-ce qu'il fait de-
hors à une heure pareille,
ce zouave-là !...

HAW-HAW-HAW !...

HAW-HAW-HAW-HAW
BOM

? ?

HOUÏ ! HOUÏ ! HOUÏ !
HOUÏ ! HOUÏ !

Que s'est-il passé ?...
Il s'est fait mal !...

Ça lui apprendra !

Houï... Houï...
Houï...

Nous dresser petite
tente à moi pour passer
nuit... Mais tente seule-
ment pour un. Très dif-
ficile entrer trois...

Jamais nous ne pourrons
tenir là-dedans !

Il faudra bien
pourtant !...

Essayez de vous pousser encore un petit peu, capitaine.

Vous en avez de bonnes, vous !
... Nous sommes déjà serrés
comme des ha...hааа... hааа...

HAAAAAAT...

Non, capitaine, non,
je vous en supplie !...

TCHOUM

Ça grand, grand malheur!... Si nous rester ici maintenant, nous geler...Nous devoir marcher.

Nous descendre le plus vite possible...Nous plus pouvoir perdre temps à chercher Tchang.

Hélas!...

Et trois jours plus tard.

Et puis non, j'en ai assez!... Voilà trois jours que nous sommes sur pied sans fermer l'œil... C'est fini: je n'avance plus!

Allons, capitaine, encore un petit effort! Dans quelques heures, nous aurons quitté la région des neiges.

Non! Continuez sans moi!

J'ai encore un petit peu de cognac. Vous allez en boire une gorgée.

Vous pourriez aussi bien me faire avaler du kérozène : je ne fais pas un pas de plus!

Tintin Sahib!... Tintin Sahib!... Toi voir!...

Une lamasserie!... Sauvés!

Là nous pouvoir enfin dormir!

Debout, capitaine! Une lamasserie!...

M'en fiche! Le monde peut crouler: je ne bouge plus!

CRAC

Attention! Nous pas rester ici!

CRAC

43

BROUMMM

BROUMM

La Déesse Blanche qui se fâche ! Il va se produire quelque chose...

Allons, Foudre Bénie, ne soyez pas crédule comme un paysan de Pôh-Prying !...C'est une avalanche, et rien d'autre !

!?

Regardez !... Foudre Bénie s'élève dans les airs. Il va de nouveau avoir une vision.

Ce Foudre Bénie, avec ses visions !...Quand on pense qu'il est myope comme une taupe de Weï-Pyiong !...

Silence, Savoir Infini !... Foudre Bénie va parler.

Je vois trois hommes...non ...deux hommes et un jeune garçon au cœur pur... Avec un petit chien blanc comme la neige du matin ...Ils sont en péril de mort..

Cœur Pur marche... Il marche... Il marche...Il est à bout de forces... Cœur Pur s'abat lourdement sur le sol...

AOUH !...

OUUUWOUWOU

MMMH...

Quelle épouvantable bête!... Elle va dévorer Tintin!...

HIIII!

Wouah! Wouah!

Un yack!... Il a failli m'étrangler!

Et maintenant, sauver les autres!...Il faut que j'arrive coûte que coûte là- à cette masserie!...

Non!... Impossible!... Avec cette cheville foulée, plus moyen d'avancer... Que faire, mon Dieu?... Que faire?...

Milou!...C'est toi, Milou, qui vas nous sauver tous, à présent...Tu vas porter ce billet au monastère ...et revenir avec du secours...

Va, Milou, va!... Désormais notre salut dépend de toi... Va, va vite!...

ce billet!... Porter ce billet... Porter ce billet ... Porter ce...

Nom d'un homme! ...Quel os magnifique!.... C'est vraiment un modèle de luxe, ça!...

Hola, Milou!...Ton devoir!...Le message!...

Bah! Bah! Le message, il attendra! Mais un os pareil, ça ne se rencontre pas tous les jours!

Le message !?!

Disparu !!!

Que va dire Tintin ?!?...

Il n'y a plus qu'une seule chose à faire...

Vite, au monastère ! ...Et, billet ou pas billet, je les forcerai bien à me suivre !

Et une demi-heure plus tard.

Voilà le jeune Lobsang qui rentre de promenade.

D'où sort-il, ce chien-là ?... Je ne l'ai jamais vu dans la région.

Wouah! Wouah!

Mais que me veut-il ?... Sale bête, vas-tu cesser ?...

Viens avec moi !... Il faut sauver Tintin !

Ma parole !... Il est enragé !... Au secours !

Par ici, mon garçon !

Au secours !... Au secours !

Un chien enragé ! Au secours !

Au secours !

Wouah! Wouah!

Il faut acculer cet animal dans un coin !

Le voilà coincé !... Attention ! Ne le ratons plus !

Wouah! Grr! Grr! Wouah!

Halte!...Ne touchez pas à ce chien!...

C'est certainement Neige du Matin, dont Foudre Bénie a eu la vision tout à l'heure...

Il doit y avoir des hommes en perdition du côté de la Déesse Blanche!...Allons à leur recherche!...

Vous voyez, il n'y a qu'à le suivre; il nous indique le chemin.

Et deux jours plus tard.

DONG

DONG DONG DONG

Ça va!...Ça va!... On y va!...

Allons!...Debout là-dedans! ...Il est temps de se remettre en route!...

!?

En voilà une bande de joyeux drilles!

Nous sommes sûrement dans une lamasserie...

Mais comment diable avons-nous échoué ici?...

!?

Un cerf-volant !...

Des petits moines qui jouent au cerf-volant... Ça ne fait pas très sérieux, ça !...

Ça joue... ça joue... et il n'y a personne pour s'occuper de vous... Nous allons faire une petite reconnaissance... Mais d'abord, mes chaussures

Et alors, quoi ?... Ce sont mes pieds qui ont enflé, ou mes souliers qui ont retréci ?... Impossible de...

CRAC

!

Tonnerre de Brest !... Ça commence bien !...

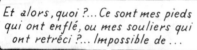

Pendant ce temps...

Bienvenue au monastère de Khor-Biyong, ô voyageurs !... Mais je croyais que vous étiez trois ?

On nous a dit que notre ami dormait encore, Grand Précieux... Il était complètement épuisé...

Oui, vous, étrangers, vous avez, paraît-il, une curieuse passion : celle de vouloir à tout prix, et même au péril de votre vie, escalader les plus hautes montagnes. Pourquoi faites-vous cela ?

Pour nous, Grand Précieux, ce n'est ni la soif des records, ni le goût de l'alpinisme qui nous a conduits jusqu'ici... Notre but était de...

TOC TOC TOC

?

Euh... je vous demande pardon, mais... n'auriez-vous pas un chausse-pied ?...

Tintin!... Tharkey!... Dans mes bras, mon petit!...

Bienvenue à toi aussi, noble étranger! Prends place parmi nous.

Merci...euh... Grand Sachem.

Mais dis-moi, jeune étranger, tu me parlais du véritable but de votre voyage.

En effet, Grand Précieux. Voilà : il s'est produit récemment, au Népal, une catastrophe aérienne, dans laquelle tous les passagers, a-t-on dit, ont péri. Or, un de mes amis, un jeune Chinois nommé Tchang, était dans cet avion.

Oui, euh... Grand Vizir! Et ce moussaillon-là, sous prétexte qu'il avait vu en rêve son ami Tchang vivant, s'est fourré dans la caboche de le retrouver!... Et parce qu'il est têtu comme une mule, il a appareillé pour le Népal! Et moi, comme vieux rafiot que je suis, je me suis mis à la remorque de ce gamin!

Nous avons marché des jours et des jours!... Nous avons escaladé des tas de rochers!... Nous avons rôti au soleil et gelé sous la neige!... Nous avons dégringolé dans des crevasses!... Nous avons reçu des avalanches sur la tête!... Pis que tout, euh... Grand Mufti, le yéti m'a fauché une bouteille de whisky à peine entamée : la dernière que je possédais!

Et tout ça pour rien, euh... Grand Mogol! Pas plus de Tchang que sur le crâne de votre collègue, là...

Qu'est ce qu'il a dit?... Qu'est-ce qu'il y a sur mon crâne?

Ainsi donc, c'est uniquement pour rechercher ton ami Tchang que vous avez bravé tous ces dangers et que vous seriez morts si votre chien n'était pas venu nous alerter?

Eh...oui, Grand Précieux.

Hélas! jeune étranger, ici, au Tibet, la montagne garde ceux qu'elle a pris. Les vautours se chargent de les faire disparaître...Tel aura été le sort de ton ami Tchang, et jamais, jamais tu n'en retrouveras la moindre trace...

En voilà toujours une!...

Et la seconde, mille tonnerres de Brest ! la seconde capitulera comme la première !

Oui, jeune homme généreux, il faut abandonner tout espoir de revoir jamais l'ami qui était si cher à ton cœur...

Le mieux serait que vous retourniez dans votre pays... D'ailleurs, notre règle nous interdit d'héberger des étrangers à notre ordre... Demain, une caravane part d'ici pour le Népal. Je vous invite à en profiter.

Bonne idée, ça, Grand... Chose...euh...Grand Bazar !

Le lendemain matin.

La caravane est prête à se mettre en marche, nobles voyageurs.

Merci, Révérend Père. Nous sommes également parés. Nous vous suivons.

Et voilà !... Nous retournons, fiston.

Sans Tchang, hélas !...

Sans Tchang, oui...mais que voulez-vous ? La partie était perdue d'avance, Tintin. Je vous l'ai toujours dit.

Hé ! Cœur Pur, tu as oublié ceci.

Mon Dieu ! L'écharpe de Tchang !

C'est vraiment gentil à vous de...

?! ¿!

Je vois...Je vois...Le museau du yack... Dans l'œil... Une grotte... Je vois...je vois le jeune garçon à qui appartient cette écharpe...Il est étendu sur une couche de branches de genévriers nains...

Pas possible ! Pour moi, il a un truc !

Hélas ! Les démons sont venus l'habiter ..Il a la fièvre... Mais qui donc s'approche de lui ?... Je distingue mal... Ah ! je vois mieux maintenant...

Une photo, vite ! Sinon on ne nous croira jamais.

OOOOH ! LE MIGOU !

Zut alors! Trop tard pour la photo!....Il a mis pied à terre, ce père volant!

Vite, dites-moi, où est-il, Tchang?

De qui parles-tu?

Mais de Tchang, sapristi!... Du garçon que vous avez vu étendu sur des branches de genévrier... Où est-il?

Je ne comprends ce que tu veux dire... Tiens, tu avais perdu cette étoffe..., Bon voyage, ô jeune étranger!

Mais...

Il a vu Tchang!... Malade, oui, mais en vie!... J'en suis certain!

Tintin, au nom du ciel, j'espère quand même que vous ne croyez pas un traître mot du charabia de cette espèce d'ascenseur!...

Je suis certain que c'est vrai!

Venez!...Allons chez le Grand Précieux.

Complètement maboul!...

...Le Museau du Yack!...Il y a une montagne qu'on nomme ainsi, à trois jours de marche, près du village de Charahbang. Et qu'a-t-il dit encore?...

Il a fait allusion à un œil, puis à une grotte.

Mais enfin, vous n'allez pas me dire que vous prenez au sérieux toutes ces calembredaines?

Sache, noble étranger, qu'ici, au Tibet, beaucoup de choses se passent qui vous paraissent incroyables, à vous autres, Occidentaux.

Ensuite il a décrit mon ami Tchang couché sur des branchages. Puis il a vu quelqu'un s'approcher de Tchang et alors, comme frappé de terreur, il a crié: le migou!... Qu'est-ce que cela signifie, le migou?...

Le migou?...Tu es sûr d'avoir bien entendu: le migou? C'est le nom que l'on donne ici à l'Abominable Homme-des-Neiges. Au Népal, on l'appelle le yeh-teh, ou le yéti; ici le mi- gou.

Mais alors, Grand Précieux?...

N'entre pas maintenant, Grand Précieux parle avec les étrangers.

Alors?...Il vaudrait mieux que ton ami soit mort, car il est prisonnier du migou. Et le migou ne rend jamais sa proie!

Tchang prisonnier de l'Homme-des-Neiges !! ... Mais c'est terrible, ça !... Il faut absolument le sauver, Grand Précieux !

Hélas ! Cœur Pur, impossible ! Personne ne voudra se risquer dans cette aventure.

Eh bien ! j'irai seul, s'il le faut ... Mon ami est en danger, c'est moins que jamais le moment de l'abandonner à son sort.

Ah ! non ! vous n'irez pas !... Ni seul, ni avec moi, tonnerre de Brest !... Vous m'avez déjà fait le coup, mais ça ne prend plus !... Assez d'excentricités !... Ça suffit comme ça !... Vous retournerez à Moulinsart avec moi, mille millions de mille sabords !... Et puis, c'est tout !

Où donc est située cette montagne qu'on nomme Museau du Yack ?...

Dites-lui quelque chose, Grand...euh...Grand Trésor !... Faites-le renoncer à cette sottise !

Près du village de Charahbang, à trois jours de marche d'ici... C'est là qu'un yack a été tué par le migou, il y a quelques jours à peine.

Là, vous voyez !

Écoutez, capitaine, il ne faut pas m'en vouloir, mais je partirai demain pour Charahbang. Vous, accompagnez Tharkey et rentrez avec la caravane... Comprenez-moi : je ne puis pas agir autrement !

Bon, faites comme vous voulez !... Allez chercher votre Tchang aussi loin qu'il vous plaira, jusque sur la planète Mars, si ça vous chante !... Moi, mille millions de mille sabords, je boucle mon baluchon.

...et j'envoie tout promener !

À Charahbang, trois jours plus tard.

Un étranger ! un étranger !

Bonjour !... Bonjour !... Pouvez-vous me conduire chez le chef du village ?

Toi venir ! Toi venir !

Guide ?... Pour conduire toi Museau du Yack ?... Personne, Koucho, personne !... Museau du Yack... Migou !... Migou !

Là-bas ! Regardez !

Encore un !...

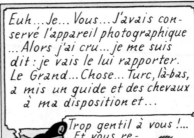

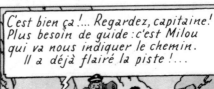

Le yéti !...Je le vois !...Il vient de surgir derrière un pan de rocher, là-bas !

Il s'en va...Il a disparu...Profitons-en, c'est le moment! ...Venez, capitaine !...Il n'y a pas une seconde à perdre !

Qu'allons-nous faire ?

Aller droit à son repaire, et délivrer Tchang !...En avant !

Vous...Je...N'oubliez pas l'appareil...

Pensez !...Si vous trouvez le moyen de le photographier, voilà un cliché qui va faire du bruit !!!

J'essayerai.

Stop !

Vous, vous resterez ici, et vous ferez le guet...Si jamais vous le voyez revenir, vous sifflez.

Bon...Mais...songez aux photos !

!

L'entrée de la grotte !...Allons-y !

Au fond, je n'aurais pas dû le laisser partir seul...Pourvu que rien n'arrive !...

Tchang!...Tchang!...

!

Qui...qui est là?...Qui parle?...

Tchang!...Tchang!...C'est moi!...C'est Tintin!...

Tchang!...Mon pauvre petit Tchang!...

Tintin!...

J'étais sûr que je finirais par te retrouver!...Ah! que je suis heureux!

Tintin!...Si tu savais comme j'ai pensé à toi!

Mais tu es malade, tu trembles de fièvre...Viens, viens vite! Tu vas enfiler mon anorak, et nous allons partir.

Non, Tintin, impossible!

Je n'ai même plus la force de bouger...Et puis, s'il revenait...

Pas de danger! Un de mes amis est là, au dehors. À la moindre alerte, il sifflera...Allons, viens!

Il...Je...Comment ai-je fait pour ne pas l'entendre arriver?...V-v-vite...sifflons...

FFFH

PPPH

ZZZ

WWH

Accroche-toi bien à mon épaule. Tu verras, ça va aller!

TINT...BGLLB...TINTIN! ATTENTION-ON-ON!

?!

Aïe! aïe! aïe! aïe!...
Que faire?...Que faire?...

Tant pis!...Je me déci-
de!...À l'abordage!...

Courage, Tintin!...J'arrive!...Me voici!...

Capitaine!... Capitaine!... Mon Dieu! êtes-vous blessé?

Une bombe atomique!... Une bombe atomique!...

Qu'est-il arrivé?... Une bombe atomique, n'est-ce pas?... Nous sommes tous morts?

Non, non, c'est le yéti... Venez, venez vite!

Tchang est là! Il faut l'emmener immédiatement vers le camp... Le yéti a été aveuglé par le flash, mais il peut revenir. Venez, ne moisissons pas ici.

Et deux heures plus tard...

Eh bien, voilà... Je vais vous raconter toute mon histoire...

J'avais donc pris, à Patna, l'avion pour Katmandou. Il faisait un temps magnifique et tout le monde, à bord, était de bonne humeur. Mais, peu avant l'arrivée, nous avons été plongés dans une violente tempête.

L'appareil était secoué dans tous les sens et, malgré les paroles rassurantes de l'équipage, nous nous attendions au pire. Et en effet, tout à coup, il y a eu un choc terrible. J'ai perdu connaissance...

Quand je revins à moi, j'étais étendu dans la neige. Mes jambes me faisaient horriblement souffrir. Autour de moi, des débris de toutes sortes jonchaient le sol.

Et, sauf le vent, plus un bruit, pas une plainte, rien!... J'étais le seul survivant de cette épouvantable catastrophe!

Affolé, terrifié, je me suis lancé droit devant moi. Je ne sentais plus la souffrance, je n'avais qu'une idée: fuir! Enfin, à bout de forces, j'ai trouvé un creux de rocher et là, je me suis de nouveau évanoui...

Combien de temps suis-je resté sans connaissance, je n'en sais rien. Mais lorsque j'ai repris conscience, j'ai cru mourir de frayeur...

Dans la pénombre d'une grotte, une tête énorme était penchée sur moi et deux yeux brillants me regardaient fixement...

HAW-HAWAOUOUH!

HAWAAOUOUH!

Mon Dieu! quel cri déchirant! A croire qu'il a du chagrin...

Eh bien! ça ne m'étonnerait qu'à moitié. Il semble qu'il se soit rapidement attaché à moi. Au début, il m'a apporté des biscuits qu'il avait trouvés dans les débris de l'avion. Par après, j'ai vécu d'herbes et de racines qu'il ramenait de ses courses nocturnes.

Parfois, son butin consistait en petits animaux que, malgré ma répulsion, je me forçais à manger... Petit à petit, j'ai repris des forces, j'ai pu me lever... Et l'idée m'est venue de graver mon nom sur un rocher.

Oui, nous avons découvert cette grotte, Tchang, et avons vu la pierre portant ton nom. Et plus tard, nous avons trouvé ton écharpe.

Ah oui! mon écharpe. Voici comment c'est arrivé...

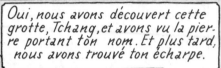

Un matin, le yéti est rentré en coup de vent... Il paraissait affolé... Il m'a pris dans ses bras et m'a emporté en courant...

Alors commença l'escalade vertigineuse d'une paroi presque à pic!

J'étais terrifié... Mais lui, avec une adresse incroyable, ne s'aidant que de sa seule main libre, bondissait de rocher en rocher comme un chamois... Et c'est seulement lors d'une halte que j'ai compris ce qui se passait.

Au loin, une file d'hommes se dirigeait vers la carcasse de l'avion: les secours... Et le yéti qui m'entraînait loin d'eux!...

J'ai crié, j'ai hurlé pour attirer leur attention. Mais ma voix était trop faible. Alors, j'ai dénoué mon écharpe et l'ai lancée dans le vide, avec l'espoir qu'on la verrait et qu'ainsi on retrouverait ma trace.

Et c'est ce qui est arrivé, Tchang!... Mais, plus tard?

Le yéti m'emportait toujours. Une nouvelle tempête s'était élevée. J'étais glacé. Combien de temps a duré cette course folle, je l'ignore, car j'étais à demi-inconscient... Tout ce que je sais...

...c'est que j'ai finalement échoué dans la grotte où vous m'avez découvert, grelottant de fièvre et de faiblesse. J'étais désespéré: plus personne désormais ne me retrouverait!

J'allais mourir là, tout seul, misérablement, loin de mes parents, de mes amis...

Assez, mille sabords! Vous me fendez le cœur avec votre histoire. Un instant, que je prenne mon mouchoir.

POOOT

HAWAAAAAAAH!

HAWAAAAAAAAH!

Te voilà, espèce de bull-dozer à réaction!... Viens donc si tu oses, grand escogriffe, et je te transforme en descente de lit!

Pauvre Homme-des-Neiges, comme il a eu peur! C'est le capitaine qui l'a effrayé en se mouchant.

MÉGACYCLE! PYROMANE!

Pauvre Homme-des-Neiges, as-tu dit?... C'est curieux!...Toi qui es le seul à le connaître, tu ne l'appelles pas "abominable".

Mais, Tintin, c'est tout naturel : il a pris soin de moi! Sans lui, je serais mort de froid et de faim.

Et quelques jours après...

Les étrangers!

Les étrangers sont de retour!

Oui, nous revoici!... Et le migou ne nous a pas dévorés!...Il nous faudrait des porteurs pour ce garçon jusqu'à la lamasserie.

Trois jours plus tard...

Nous y serons bientôt, Tchang... Et là, tu guériras bien vite!

POM 🎵 POM 🎵
POM 🎵 POM 🎵 POM
Nous voilà presque au bout de nos peines ...POM 🎵 POM 🎵 POM 🎵

POM TOOOT ? DONG DZING TUUT DINGELING

Le Grand Précieux !...Il faut certainement un événement exceptionnel pour qu'il soit sorti ainsi en grande pompe...

Salut à toi, ô Cœur Pur !...Comme le veulent nos traditions, je te présente cette écharpe de soie. Foudre Bénie nous a dit que tu arrivais et je suis venu à ta rencontre, afin de m'incliner respectueusement devant toi.

Devant moi, Grand Précieux ?... Mais...

Oui, car ce que tu as fait, peu d'hommes auraient osé l'entreprendre. Sois béni, Cœur Pur, sois béni pour la ferveur de ton amitié, pour ton audace et pour ta ténacité !

Et toi aussi, Tonnerre Grondant, sois béni, car, malgré tout, tu as eu la foi qui transporte les montagnes !

Elle aurait mieux fait de les aplatir !

Et voilà le jeune garçon que vous avez arraché aux griffes du migou. Béni sois-tu, jeune homme, toi qui as su inspirer à ces deux étrangers un dévouement si fidèle !

Et alors quoi, pas un mot pour moi ?...

C'est une trompette, ça ?... Et c'est par ici qu'on souffle ?

POOAA

Oh ! pardon !

Une semaine s'est écoulée...

Alors, Tchang, comment te sens-tu?

Tout à fait bien!... Le repos que j'ai pris, et les soins que j'ai reçus, m'ont complètement rétabli.

Tant mieux!... Maintenant, grâce aux bons moines qui ont formé pour nous cette caravane, nous aurons bientôt regagné le Népal et, de là, l'Europe.

HAWAAAOUH!

Encore cette espèce de zouave!...

L'adieu du yéti, Tchang!... Le voilà rendu à sa solitude... Jusqu'au jour où les hommes qui sont à sa recherche auront réussi à le capturer.

Souvenir du Tibet!

Eh bien! moi, je souhaite qu'on ne le trouve jamais, car on le traiterait comme une bête sauvage. Et pourtant, je t'assure, Tintin, il a agi avec moi d'une telle façon que je me suis parfois demandé si ce n'était pas un être humain...

Qui sait?...

Tin

Imprimé en Belgique par Casterman, s.a., Tournai.
Dépôt légal: 1er trimestre 1963. D. 1966/0053/145.